MWY
O ARWYR
CYMRU

Argraffiad cyntaf: 2021
ⓗ testun: J. Richard Williams

Cedwir pob hawl.
Ni chaniateir atgynhyrchu unrhyw ran o'r cyhoeddiad hwn,
na'i gadw mewn cyfundrefn adferadwy, na'i drosglwyddo
mewn unrhyw ddull na thrwy unrhyw gyfrwng, electronig, electrostatig,
tâp magnetig, mecanyddol, ffotogopïo, recordio, nac fel arall,
heb ganiatâd ymlaen llaw gan y cyhoeddwyr, Gwasg Carreg Gwalch,
12 Iard yr Orsaf, Llanrwst, Dyffryn Conwy, Cymru LL26 0EH.

Rhif Llyfr Safonol Rhyngwladol:
978-1-84527-809-0

Cyhoeddwyd gyda chymorth Cyngor Llyfrau Cymru

Dylunio'r clawr: Gary Evans

Cyhoeddwyd gan Wasg Carreg Gwalch,
12 Iard yr Orsaf, Llanrwst, Dyffryn Conwy, Cymru LL26 0EH.
Ffôn: 01492 642031
e-bost: llyfrau@carreg-gwalch.cymru
lle ar y we: www.carreg-gwalch.cymru

Argraffwyd a chyhoeddwyd yng Nghymru

MWY
O ARWYR
CYMRU

J. RICHARD WILLIAMS

MWY
O ARWYR
CYMRU

Cyflwyniad

Mae hi'n bwysig cofio a dathlu arwyr Cymru. Maen nhw'n bobl sydd wedi newid hanes, newid Cymru, ac efallai newid y byd. Ar ôl ysgrifennu'r llyfr *20 o Arwyr Cymru,* wnes i feddwl bod gynnon ni lawer iawn mwy o arwyr diddorol, felly dyma 20 arall i chi ddarllen amdanyn nhw. Mae'r arwyr yma i gyd wedi marw erbyn hyn hefyd.

Cynnwys

Cyfiawnder a Chydraddoldeb
1. Arglwyddes Rhondda 10
2. Gwynfor Evans 13
3. Hywel Dda 17

Gwyddoniaeth
4. Edward Llwyd 19
5. Mary Wynne Warner 21

Cerddoriaeth
6. Geraint Evans 23
7. Jane Ann Richards 26
8. Meredydd Evans 28

Celfyddydau
9. Clough Williams-Ellis 30
10. Gwen John 32
11. Kyffin Williams 35

Menter a Busnes
12. Charles Rolls 38
13. Laura Ashley 40
14. Robert Owen 42

Addysg
15. Betty Campbell 45
16. Griffith Jones 47
17. Norah Isaac 49

Yr Iaith Gymraeg
18. Arglwyddes Augusta Waddington Hall 52
19. Ifan ab Owen Edwards 54
20. Owain Glyndŵr 57

CYFIAWNDER A CHYDRADDOLDEB

1

ARGLWYDDES RHONDDA
Margaret Haig Mackworth Thomas
12 Mehefin 1883 – 20 Gorffennaf 1958
Swffragét ac **Ymgyrchydd** dros Gydraddoldeb.

Lleoliadau:
Casnewydd
Llundain

Treuliodd Arglwyddes Rhondda ei hoes yn ymladd dros **hawliau** merched. Roedd yn swffragét. Yr Arglwyddes oedd ysgrifenyddes adran Casnewydd o'r Women's Social and Political Union a'i mam oedd y **llywydd**. Mi wnaeth hi wahodd Emmeline Pankhurst i Gymru, ac mi wnaeth hi arwain **ymgyrch** ac ennill y bleidlais **ymhlith** merched Casnewydd. Yn 1913, cafodd ei rhoi mewn carchar ym Mrynbuga am losgi blwch post fel rhan o'i phrotest yn erbyn y Prif Weinidog Herbert Asquith. Tra oedd hi yn y carchar, roedd hi'n dal i brotestio ac mi wnaeth **ymprydio**. Ar ôl dod allan o'r carchar, aeth i America i **areithio**, a theithiodd yn ôl yn 1915 ar y llong *Lusitania*. Cafodd y llong ei **suddo** gan **dorpido** ond cafodd Margaret ei hachub ar ôl awr yn y môr.

cyfiawnder – *justice*	ymhlith – *amongst*
cydraddoldeb – *equality*	ymprydio – *to fast, to go on hunger strike*
Arglwyddes – *Lady*	
ymgyrchydd – *campaigner*	areithio – *to make speeches*
hawl(iau) – *right(s)*	suddo – *to sink*
llywydd – *president*	torpido – *torpedo*
ymgyrch(oedd) – *campaign(s)*	

Yn ystod y Rhyfel Byd Cyntaf, daeth yn **Gomisiynydd** Cymru i Wasanaeth Cenedlaethol y Merched, yna'n Brif Reolwr recriwtio merched yng **Ngweinyddiaeth** y Gwasanaeth Cenedlaethol yn Llundain.

Ar ôl y rhyfel, roedd hi'n dal i ymgyrchu dros hawliau merched a **brwydrodd** yn galed i gael hawl **pleidleisio** i bob merch.

Fel gwraig fusnes, roedd ar fwrdd tri deg tri o gwmnïau. Roedd hi'n gyfrifol am gwmnïau **diwydiannol, mwyngloddiau**, cwmnïau llongau a phapurau newydd. Hi oedd y wraig gyntaf i fod yn Llywydd **Sefydliad y Cyfarwyddwyr**.

Fel newyddiadurwraig, creodd bapur newydd wythnosol **dylanwadol** o'r enw *Time and Tide*. Roedd pobl fel George Orwell, Virginia Woolf a JRR Tolkien wedi ysgrifennu darnau i'r papur. Roedd hi a'r papur yn **mynnu** hawliau cyfartal i ddynion a merched, a'r hawl i rieni priod gael gofal plant. Ymgyrchodd dros gydraddoldeb cyfle yn y gwasanaeth sifil a **chyflog cyfartal** i athrawon. Ymladdodd am ddeugain mlynedd dros hawliau **arglwyddi benywaidd** yn **Nhŷ'r Arglwyddi**, ond yn anffodus, buodd hi farw ar ôl i'r ddeddf gael ei newid, yn rhy hwyr i dderbyn ei sedd ei hun.

comisiynydd – *commissioner*	dylanwadol – *influential*
gweinyddiaeth – *ministry*	mynnu – *to demand*
brwydro – *to fight, to battle*	cyflog cyfartal – *equal pay*
pleidleisio – *to vote*	arglwyddi benywaidd – *female lords*
diwydiannol – *industrial*	
mwyngloddiau – *mineral mines*	Tŷ'r Arglwyddi – *House of Lords*
Sefydliad y Cyfarwyddwyr – *Institute of Directors*	

2

GWYNFOR EVANS
Gwynfor
1 Medi 1912 – 21 Ebrill 2005
Gwleidydd ac **Aelod Seneddol** Cyntaf Plaid Cymru

Lleoliadau:
Y Barri
Aberystwyth
Rhydychen
Caerdydd
Caerfyrddin
Llundain

Cafodd Gwynfor Evans ei eni i deulu **di-Gymraeg** yn y Barri, Sir Forgannwg. Aeth i Ysgol Gynradd Gladstone Road, Y Barri ac Ysgol Ramadeg y Barri, ac yna i Goleg y Brifysgol, Aberystwyth a Choleg Sant Ioan, **Rhydychen** i astudio'r Gyfraith.

Aelod Seneddol – *Member of Parliament*	Rhydychen – *Oxford*
di-Gymraeg – *non-Welsh speaking*	

Dechreuodd ddysgu Cymraeg yn Ysgol Sir y Barri. Dechreuodd weithio mewn swyddfa cyfreithwyr yng Nghaerdydd yn 1939. Erbyn hynny roedd o'n **heddychwr** ac yn aelod o Blaid Cymru. Yn y flwyddyn honno hefyd daeth Gwynfor Evans yn ysgrifennydd mudiad Heddychwyr Cymru, ac yn 1941 cafodd ei **ethol** yn **is-lywydd** Plaid Cymru. Cafodd ei ethol yn Llywydd y Blaid yn 1945, a gwnaeth y swydd hon tan 1981.

Un ymgyrch **aflwyddiannus** ond cofiadwy iawn roedd o'n rhan ohoni oedd yr un i **foddi** Cwm Tryweryn a **chwalu**'r gymuned yng Nghapel Celyn yn 1965 er mwyn creu **cronfa ddŵr** i roi dŵr i **Lerpwl**.

Enillodd **isetholiad** Caerfyrddin yng Ngorffennaf 1966 fel yr aelod seneddol cyntaf dros Plaid Cymru yn **San Steffan**.

Collodd y sedd yn 1970. Collodd hi eto o dair **pleidlais** yn **etholiad cyffredinol** gwanwyn 1974. Cafodd ei ailethol yn etholiad cyffredinol Hydref 1974 ond collodd Gwynfor ei sedd eto yn 1979. Doedd o ddim yn **llwyddiannus** yn 1983, a wnaeth o ddim ceisio mynd yn ôl i San Steffan ar ôl hynny.

heddychwr – *pacifist*	Lerpwl – *Liverpool*
ethol – *to vote*	isetholiad – *by-election*
is-lywydd – *deputy president*	San Steffan – *Westminster*
aflwyddiannus – *unsuccesful*	pleidlais – *vote*
boddi – *to drown*	etholiad cyffredinol – *general election*
chwalu – *to disperse, to destroy*	
cronfa ddŵr – *reservoir*	llwyddiannus – *successful*

Mi wnaeth o **chwarae rhan amlwg** i greu S4C er mwyn gallu **darlledu** yn yr iaith Gymraeg. Roedd o mor benderfynol, mi wnaeth o **fygwth** ymprydio hyd **farwolaeth** tasai'r Llywodraeth ddim yn rhoi sianel deledu Gymraeg i Gymru.

Rhoddodd ei fywyd i **ymgyrchu** yn **heddychlon** dros **genedlaetholdeb** Cymreig.

chwarae rhan amlwg – *to play a key role*	marwolaeth – *death*
	ymgyrchu – *to campaign*
darlledu – *to broadcast*	heddychlon – *peaceful*
bygwth – *to threaten*	cenedlaetholdeb – *patriotism*

3

HYWEL DDA
Hywel ap Cadell ap Rhodri
tua 880 – 950
Brenin a **Deddfwr**

Lleoliadau:
Seisyllwg (hen ardal)
Hendy-gwyn ar Daf, Sir Gaerfyrddin

Daeth Hywel ap Cadell yn llawer mwy enwog fel y brenin Hywel Dda. Ar ôl i dad Hywel farw yn 900, roedd o'n rheoli ardal Seisyllwg, sef hen enw ar ardal Ceredigion a Phenrhyn Gŵyr a rhan o Sir Gaerfyrddin. Yn 904, priododd Hywel Elen ferch Llywarch a chael Sir Dyfed hefyd. Dros y blynyddoedd mi wnaeth Hywel **ymestyn** ei **deyrnas** ac roedd yn rheoli ardal de Cymru i gyd. Cyn bo hir, ar ôl i Idwal Foel, Brenin Gwynedd, farw, roedd yn rheoli Powys a Gwynedd hefyd. Pan fuodd Hywel farw yn 950, fo oedd brenin y rhan fwya o Gymru fodern **ar wahân i** Forgannwg a Gwent.

Hywel wnaeth greu **Cyfreithiau** Cymru – cyfreithiau gafodd eu defnyddio tan 1536, pan ddaeth y **Deddfau Uno** i Gymru a Lloegr.

Er mwyn creu'r cyfreithiau daeth pobl bwysig o bob rhan o Gymru i Hendy-gwyn ar Daf ar ddiwedd y 940au i greu cyfreithiau newydd. Roedd bob math o **ddeddfau** yn ymwneud â hawliau merched a phlant, **troseddau**, cyfraith cymdeithasol, cyfraith y

brenin – *king*	ar wahân i – *apart from*
deddfwr – *legislator*	cyfreithiau – *laws*
Hendy-gwyn ar Daf – *Whitland*	Deddfau Uno – *Acts of Union*
ymestyn – *to extend*	deddfau – *acts, laws*
teyrnas – *kingdom*	trosedd(au) – *crime(s)*

brenin a chyfraith **cytundebau**. Roedd adran ar rannu **eiddo** ar ôl **tor priodas**, ac roedd deddf yn dweud bod y gŵr i gadw'r moch a'r wraig i gadw'r defaid; y gŵr i gadw'r dillad gwely **isa** tra fod y wraig yn cadw'r rhai **ucha**. Roedd y gŵr yn cael tegell, cwilt gwely, **bwyell** a **chryman**. Ac roedd y wraig yn cael bwyell fawr, yr **aradr** ac **edafedd**. Roedd y gŵr yn cael y **sgubor** a'r ieir ac un gath. Ac roedd y wraig yn cael unrhyw gath arall, y menyn, cig a'r caws.

Yn 2012, prynodd **Llyfrgell Genedlaethol Cymru** gopi o'r cyfreithiau am £541,250. Felly maen nhw'n ddiogel gynnon ni rŵan.

cytundeb(au) – *contract(s)*	cryman – *sickle*
eiddo – *possesion(s)*	aradr – *plough*
tor priodas – *breakdown of marriage*	edafedd – *thread*
	sgubor – *barn*
isa – *lowest*	Llyfrgell Cenedlaethol Cymru – *National Library of Wales*
ucha – *highest*	
bwyell – *axe*	

GWYDDONIAETH

4

EDWARD LLWYD
Edward Lhuyd
1660 – 30 Mehefin 1709
Naturiaethwr

Lleoliadau:
Croesoswallt
Rhydychen
Cymru
Iwerddon
Yr Alban
Cernyw
Llydaw

Yn 1706, dwedodd Hans Sloane, llywydd y Gymdeithas Frenhinol, 'Edward ydy'r naturiaethwr gorau yn Ewrop.'

Cymro Cymraeg oedd Llwyd. Cafodd ei eni ger Croesoswallt. Roedd yn enwog ar draws y byd am ei waith ym myd botaneg, **daeareg**, **archaeoleg** ac **ieitheg**, ond chafodd o ddim llawer o **glod** yn ei wlad ei hun tra oedd o'n fyw.

Aeth i'r ysgol ramadeg yng Nghroesoswallt yn naw mlwydd oed ac yn 1682 aeth i Goleg yr Iesu, Rhydychen. Cafodd radd M.A. yn

gwyddoniaeth – *science*	archaeoleg – *archaeology*
naturiaethwr – *naturalist*	ieitheg – *linguistics*
Croesoswallt – *Oswestry*	clod – *praise*
daeareg – *geology*	

1701 ac aeth Llwyd i weithio yn Amgueddfa Ashmole, Rhydychen. Cyhoeddodd Llwyd gatalog ar ffosilau ym Mhrydain yn 1698 o'r enw *Lithophylacii Britannici ichnographia*. Dyma oedd y rhestr drefnus, **wyddonol**, gynta o ffosiliau. Roedd llawer yn credu mai dyma oedd gwaith pwysica Llwyd i wyddoniaeth ei oes.

Roedd Llwyd yn **llysieuydd** gwych a chofnododd lawer o blanhigion mynyddig Cymru am y tro cynta. Casglodd 37 o blanhigion mynyddig yn 1682 o'r Wyddfa, Cader Idris ac Aran Benllyn. Yn 1688/89 dychwelodd i'r Wyddfa a darganfod mwy na deugain o blanhigion newydd! Ei **ddarganfyddiad** mwya enwog oedd Lili'r Wyddfa (Brwynddail y Mynydd) ar greigiau'r Wyddfa. Llwyd oedd y cynta i'w darganfod.

Teithiodd Llwyd o gwmpas Cymru, Iwerddon, yr Alban, Cernyw a Llydaw a chasglodd nifer o **lawysgrifau Gwyddeleg** sydd rŵan yn llyfrgell Coleg y Drindod, **Dulyn**. Cyhoeddodd un **gyfrol** – *Archaeologica Britannica* – cyfrol oedd yn trafod materion ieithyddol. Roedd o eisiau cyhoeddi mwy am fyd natur ond buodd farw gan adael y gwaith ar ôl mewn llawysgrifau. Yn anffodus, aeth llawer o'r rhain ar goll!

gwyddonol – *scientific*	Gwyddeleg – *Irish language*
llysieuydd – *herbalist, botanist*	Dulyn – *Dublin*
darganfyddiad – *discovery*	cyfrol – *book, volume*
llawysgrifau) – *manuscript(s)*	

5

MARY WYNNE WARNER
22 Mehefin 1932 – 1 Ebrill 1998
Mathemategydd

Lleoliadau:
Caerfyrddin
Llanymddyfri
Treffynnon
Dinbych
Rhydychen
Llundain
Beijing, Tsieina
Rangoon, Myanmar
Warsaw, Gwlad Pwyl
Llundain
Bahrain
Kennerton, Sir Gaerloyw

Mae llawer o bobl yn meddwl bod algebra yn faes anodd iawn, ond ddim Mary Warner! Dyma oedd hoff bwnc Mary pan aeth i astudio mathemateg yng Ngholeg Somerville, Rhydychen.

Roedd Mary yn Gymraes. Cafodd ei geni yng Nghaerfyrddin a'i magu yn Llanymddyfri. Symudodd y teulu i Dreffynnon, Sir y Fflint, ac astudiodd ar gyfer ei arholiadau Lefel A yn Ysgol Howell, Dinbych. Enillodd **ysgoloriaeth** i Goleg Somerville a **graddio** yn 1951.

Yn 1964, cyfieithodd Mary lyfr pwysig o'r enw *Groups* i'r Saesneg. Cafodd ei ysgrifennu yn wreiddiol gan Georges Papy yn

---

ysgoloriaeth – *scholarship*   graddio – *to graduate*

1961 yn Ffrangeg. Mary oedd y ferch gynta i gael swydd fel **Athro** Mathemateg ym Mhrifysgol City, Llundain.

Ar ôl priodi, aeth i fyw yn Beijing yn Tsieina a Rangoon yn Mayanmar. Roedd ei gŵr yn ddiplomat felly doedd hi ddim yn cael gweithio am gyfnod. Tra oedd ei gŵr yn gweithio yn Warsaw, Gwlad Pwyl, dechreuodd Mary astudio ar gyfer gradd Ph.D.

Teithiodd Warner y byd efo'i gŵr ond ar ôl iddo ymddeol, daeth y teulu yn ôl i Brydain ac aeth Mary i weithio i Brifysgol City, Llundain. Cafodd wahoddiad i gynhadledd yn Bahrain a doedd y trefnwyr ddim yn sylweddoli mai dynes oedd 'Professor Warner'. Oherwydd rheolau llym y wlad, roedd rhaid iddi gael ei nabod fel 'dyn **anrhydeddus**' yno er mwyn iddi gael **darlithio** i fyfyrwyr gwrywaidd!

Roedd Mary eisiau teithio a darlithio yn Norwy a Brasil ond buodd farw **yn ei chwsg** yn Sbaen ar 1 Ebrill 1998 yn chwe deg pum mlwydd oed. Cafodd ei chladdu yn Kennerton, **Sir Gaerloyw**.

Athro – *Professor*	yn ei chwsg – *in her sleep*
anrhydeddus – *honorary*	Sir Gaerloyw – *Gloucestershire*
darlithio – *to lecture*	

CERDDORIAETH

6

SYR GERAINT LLEWELLYN EVANS
Y Falstaff Cymreig
16 Chwefror 1922 – 19 Medi 1992
Canwr opera

Lleoliadau:
Cilfynydd, Morgannwg

Mae Cymru wedi magu sawl canwr enwog ac roedd Geraint Evans yn un ohonyn nhw. Cafodd ei wneud yn **farchog** yn 1969 am ei wasanaeth i fyd cerdd. Doedd o ddim yn meddwl basai bachgen ifanc o Gilfynydd, Morgannwg, oedd yn gweithio mewn siop ddillad merched ym Mhontypridd byth yn cael ei nabod fel **bas-bariton** gorau'r byd opera. Cymerodd ran mewn dros 70 o operâu mawr. Mae o'n cael ei gofio yn arbennig am berfformiadau fel Figaro *yn Le nozze di Figaro*, rhan a ganodd gynta yn 1949 ac

marchog – *knight*   bas-bariton – *bass-baritone*

yna dros 500 gwaith yn ystod ei yrfa. Cymerodd ran Papageno yn *Die Zauberflöte*, a Falstaff o waith Verdi hefyd. Mae Falstaff yn gymeriad **boliog** iawn ac roedd rhaid i'r canwr wisgo 30 **pwys** o **badin** dan ei wisg i wneud y cymeriad yn **gredadwy**!

Ymddangosodd ar lwyfan Covent Garden am y tro cyntaf ym mis Ionawr 1948, ac ar yr un llwyfan, **canodd ffarwél** i'r byd opera ym Mehefin 1984. Ar ôl stopio canu, aeth i weithio fel cyfarwyddwr operatig ym Mhrydain ac ar draws y byd. Cyfarwyddodd *Peter Grimes, Billy Budd, Falstaff, Le nozze di Figaro* a *Don Pasquale* yn U.D.A.

Cymraeg oedd ei famiaith ac roedd yn gefnogol i bopeth Cymreig **ar hyd ei oes**.

Roedd ei ymddangosiad ola ym mis Gorffennaf 1992, ddeufis cyn iddo fo farw, mewn cyngerdd i ddathlu cau Hen Dŷ Opera Glyndebourne efo Janet Baker, Montserrat Caballé ac eraill. Cafodd **gwasanaeth coffa** ei gynnal iddo yn **Abaty** Westminster a daeth 1,700 o bobl yno, gan gynnwys cerddorfa a chorws y Tŷ Opera Brenhinol, Syr Georg Solti a Syr Colin Davis, Donald Sinden, Stuart Burrows a Joan Sutherland. Mae wedi ei **fedd** yn sŵn y gwynt a'r môr ym Mynwent Eglwys Dewi Sant, Llanarth, Ceredigion.

boliog – *big-bellied*	ar hyd ei oes – *all his life*
pwys – *pound (in weight)*	gwasanaeth coffa – *remembrance service*
padin – *padding*	
credadwy – *believable*	abaty – *abbey*
ymddangos – *to appear*	bedd – *grave*
canu ffarwél – *to bid farewell*	

7

JANE ANN RICHARDS
Nansi
14 Mai 1888 – 21 Rhagfyr 1979
Telynores

Lleoliadau:
Pen-y-bont-fawr, Sir Drefaldwyn
Llundain
Gobowen, ger Croesoswallt
UDA
Dolgellau

Mae Cymru yn cael ei nabod fel *Gwlad y Gân* ac mae'r delyn yn offeryn poblogaidd iawn yma. Roedd Nansi Richards yn wych am chwarae'r delyn deires, sef telyn arbennig gyda thair rhes o **dannau** wrth ochr ei gilydd.

Cafodd Nansi ei magu ar fferm ym mhentre Pen-y-bont-fawr, yn Sir Drefaldwyn, ac roedd hi'n dalentog iawn yn gerddorol, fel ei rhieni. Roedd hi'n nabod rhai o'r **sipsiwn** cerddorol ac roedd yn dweud o hyd bod nhw wedi **dylanwadu**'n fawr arni.

Enillodd Nansi ar y delyn yn yr Eisteddfod Genedlaethol dair gwaith rhwng 1908 a 1910. Aeth i astudio yn y Guildhall yn Llundain a chanodd y delyn yn 10 Stryd Downing ac i'r teulu brenhinol yn ystod **arwisgo** Edward III. Hefyd, roedd yn perfformio mewn neuaddau ar nos Sadwrn. Roedd hi'n chwarae am ddim i'r **milwyr** oedd yn aros yn Gobowen, ger Croesoswallt.

telynores – *harpist (female)*	dylanwadu – *to influence*
tannau – *strings (of musical instrument)*	arwisgo – *investiture*
	milwyr – *soldiers*
sipsiwn – *gypsies*	

Teithiodd i UDA a chanu'r delyn o flaen yr **Arlywydd** Coolidge, Henry Ford ac ym Mhrifysgol Iâl. Ymwelodd hefyd â ffatri fwyd Kellog – roedd hi'n dweud mai hi wnaeth berswadio'r cwmni i ddefnyddio darlun o geiliog i hysbysebu eu **creision** ŷd. Does neb yn gwybod ydy hyn yn wir!

Sefydlodd hi a'i gŵr Gôr Telyn Eryri hyn 1930 ac am 46 mlynedd wedyn, roedd hi a'r côr yn teithio'r wlad yn perfformio. Maen nhw'n dweud bod nhw wedi cymryd rhan mewn 2,085 cyngerdd.

Cafodd ein **hanrhydeddu** am ei gwaith yn tynnu sylw i'r delyn deires gan yr Eisteddfod Genedlaethol, Eisteddfod Powys a Phrifysgol Cymru, a chafodd anrhydedd gan y Frenhines yn 1967.

Aeth yn sâl a buodd hi farw yn Ysbyty Dolgellau. Cafodd ei chladdu ym Mynwent Eglwys Pennant Melangell.

Camp fawr Nansi Richards oedd dweud wrth bobl am Gymru drwy ganu'r delyn ond roedd hefyd yn fardd, hanesydd, **casglwr alawon**, cerddor, **cyfansoddwraig** ac athrawes. **Oni bai am** Nansi, basai Cymru wedi colli'r delyn deires a llawer o hen alawon.

Arlywydd – *President*	alawon – *melodies*
creision ŷd – *corn flakes*	cyfansoddwraig – *composer (female)*
anrhydeddu – *to honour*	
casglwr – *collector*	oni bai am – *were it not for*

8

MEREDYDD EVANS
Merêd
9 Rhagfyr 1919 – 21 Chwefror 2015
Cynhyrchydd Rhaglenni Teledu a **Chanwr Gwerin**

Lleoliadau:
Llanegryn, Meirionnydd
Tanygrisiau, Gwynedd
Bangor
UDA

Dr Meredydd Evans oedd ei enw, ond roedd pawb yn ei nabod o fel *Merêd*. Roedd yn gasglwr, golygydd, hanesydd a chanwr gwerin Cymraeg. Cafodd ei eni yn Llanegryn, Meirionnydd, a'i fagu yn Nhanygrisiau, Gwynedd.

    Dysgodd lawer o alawon gwerin Cymreig a Chymraeg gan ei fam. Datblygodd ei ddiddordeb mewn cerddoriaeth Gymraeg ym Mhrifysgol Bangor, lle roedd yn aelod o'r **triawd** enwog *Triawd y Coleg*. Aeth i Brifysgol Princeton, UDA, i astudio ar gyfer **gradd Doethur** mewn **Athroniaeth**. Tra oedd yno, recordiodd **gasgliad** pwysig o ganeuon i *Folkways Records* yn Efrog Newydd. Yn UDA hefyd wnaeth o gyfarfod Phyllis Kinney, ei wraig. Ac ar ôl dychwelyd i Gymru, golygodd Merêd a Phyllis dri chasgliad o ganeuon Cymraeg.

    Rhwng 1963 ac 1973, roedd yn gweithio fel pennaeth Adloniant Ysgafn BBC Cymru. **Cynhyrchodd** nifer o raglenni teledu enwog fel *Fo a Fe*, *Ryan a Ronnie* a *Hob y Deri Dando*.

cynhyrchydd – *producer*	athroniaeth – *philosophy*
canwr gwerin – *folk-singer*	casgliad – *collection*
triawd – *musical trio*	cynhyrchu – *to produce*
gradd doethur – *doctorate degree*	

Roedd Merêd yn ddyn gydag **egwyddorion** cry. Roedd yn heddychwr a **gwrthwynebydd cydwybodol** yn ystod yr Ail Ryfel Byd. Roedd yn gefnogol iawn i Gymdeithas yr Iaith Gymraeg. Yn 1979, cafodd **ddirwy** am dorri i mewn i **drosglwyddydd teledu** yn yr ymgyrch i sefydlu gwasanaeth darlledu Cymraeg. Yn 1999, gwrthododd dalu am drwydded deledu fel protest am **ddiffygion** yn y byd darlledu Cymraeg.

Yn 2012, yn 92 oed, ymddangosodd ar yr albwm *Bethel* efo'r canwr Gai Toms, un arall o Danygrisiau, yn canu'r ddeuawd *Cân y Dewis*.

egwyddor(ion) – *principle(s)*	trosglwyddydd teledu – *television transmitter*
gwrthwynebydd cydwybodol – *conscientious objector*	diffygion – *deficiencies, shortcomings*
dirwy – *fine*	

CELFYDDYDAU

9

CLOUGH WILLIAMS-ELLIS
28 Mai 1883 – 9 Ebrill 1978
Pensaer

Lleoliadau:
Lloegr
Penrhyndeudraeth, Gwynedd

Cymro gafodd ei eni yn Lloegr oedd Clough Williams-Ellis. Adeiladodd bentre Eidalaidd Portmeirion ar arfordir gogledd Cymru, ger Penrhyndeudraeth. Heddiw, mae'r pentre yn enwog drwy'r byd. Y pensaer ddewisodd yr enw newydd achos bod o ddim yn hoffi'r enw gwreiddiol – Aber Iâ. Roedd llawer o waith adeiladu ar y lle a dechreuodd yn 1925 a gorffen yn 1976, pan oedd Clough yn 93 oed! Cafodd y prif adeiladau eu codi mewn **arddull Celf a Chrefft** rhwng 1925 a 1939. Y **tollborth** oedd yr adeilad ola i gael ei godi.

Roedd Clough eisiau dangos ei fod yn gallu datblygu'r safle heb ddifetha ei **naturioldeb.** Roedd popeth yno – clogwyni, traeth, coedwigoedd, nentydd a rhai hen adeiladau.

Yn 1925, pan gafodd y safle ei brynu, roedd y lle wedi **tyfu'n wyllt** ond erbyn heddiw, mae'n bentre sy'n **denu** pobl o bob rhan

celfyddydau – *arts*	tollborth – *toll-gate, toll-house*
pensaer – *architect*	naturioldeb – *naturalness*
arddull Celf a Chrefft – *Arts and Crafts style*	tyfu'n wyllt – *to grow wild*
	denu – *to attract*

o'r byd. Mae'r lle wedi cael ei ddefnyddio yn gefndir i raglenni teledu a ffilm. Roedd yn ganolbwynt i'r gyfres deledu *The Prisoner*.

Cafodd yr hen blasty ar lan y môr ei droi'n westy hefyd. Cafodd Gwesty Portmeirion ei agor ar 2 Ebrill 1926.

10

GWENDOLEN MARY JOHN
Gwen John
22 Mehefin 1876 – 18 Medi 1939
Arlunydd

Lleoliadau:
Hwlffordd, Sir Benfro
Dinbych-y-pysgod, Sir Benfro
Llundain
Dieppe, Ffrainc

Roedd Gwendolen Mary yn chwaer fawr i'r arlunydd enwog Augustus John. Roedd hi, fel ei brawd, yn arlunydd llwyddiannus ac roedd gynni hi ei steil arbennig ei hun. Cafodd ei geni yn Hwlffordd a'i magu yn Ninbych-y-pysgod, Sir Benfro. Roedd ei rhieni yn gefnogol iawn i'w diddordeb mewn celf a llenyddiaeth.

Aeth i Ysgol Gelf Slade, Llundain, lle enillodd Wobr *Melvill Nettleship* am ei **phortreadau** yn ei blwyddyn ola yno. Yn 1904, symudodd i Baris i weithio fel model i Auguste Rodin, y **cerflunydd**. Daeth yn gariad iddo fo. Ysgrifennodd filoedd o lythyrau ato fo, ond roedd hynny yn ormod i Rodin a wnaeth y berthynas ddim para.

Trodd Gwen ei sylw at yr Eglwys **Babyddol**. Cafodd ei derbyn yn aelod llawn yn 1913 a gwnaeth lawer o bortreadau o **leianod** ac arweinyddion Pabyddol.

Dinbych-y-pysgod – Tenby	Pabyddol – *Catholic*
portread(au) – *portrait(s)*	lleian(od) – *nun(s)*
cerflunydd – *sculptor*	
troi ei sylw at – *to turn her attention to*	

Roedd hi'n gweithio'n gyflym ac roedd hi'n creu llawer iawn o waith. Roedd ei phortreadau yn fychan o ran maint – tua 24 modfedd sgwâr, a llawer un yn dangos gwraig yn eistedd a'i dwylo ar ei glin. Roedd hefyd yn hoffi paentio portreadau o bobl a phlant yn yr eglwys, ac yn aml yn eu dangos o'r cefn. Roedd hefyd yn mwynhau darlunio cathod. Ychydig iawn o'i gwaith gafodd ei ddangos tra oedd hi'n fyw, **ar wahân i** un arddangosfa yn Llundain yn 1926 ac un arall yn ystod Eisteddfod Genedlaethol Abergwaun yn 1936. Daeth ei gwaith yn fwy enwog ar ôl iddi farw.

Ar ei **cynfas** olaf mae'r dyddiad 20 Mawrth 1933. Ar ôl byw bywyd unig ym Mharis, ar 10 Medi y flwyddyn honno ysgrifennodd ei **hewyllys** a theithio i Dieppe, Ffrainc. Aeth hi'n sâl ac ar ôl cyfnod byr yn yr ysbyty, buodd hi farw ar 8 Medi 1839 a cafodd ei chladdu ym Mynwent Janval yn Dieppe.

ar wahân i – *apart from*	ewyllys – *will*
cynfas – *canvas*	

11

SYR JOHN 'KYFFIN' WILLIAMS
Kyffin
9 Mai 1918 – 31 Medi 2006
Arlunydd

Lleoliadau:
Llangefni
Pwllfanogl, Ynys Môn
Patagonia, De America
Fenis, Yr Eidal
Llanfair-yng-Nghornwy, Ynys Môn

Williams oedd un o arlunwyr mwya poblogaidd Cymru, **os nad** Prydain. Gwerthodd un o'i luniau am hanner can mil o bunnoedd yn 2013 er mwyn codi arian i godi **cerflun** o Dic Evans, Moelfre, cyn-gapten **bad achub**.

Cafodd ei eni yn Llangefni, ond treuliodd Kyffin ran ola ei oes ym Mhwllfanogl, Llanfairpwll, ar lan afon Menai mewn lle tawel, hardd. Yno roedd yn cael llonydd yn ei stiwdio ac ar lan y dŵr i baentio.

Yn oriel gelf Oriel Môn yn Llangefni mae dros 400 o weithiau celf gwreiddiol Kyffin.

Ei hoff themâu oedd anifeiliaid, tirwedd a phobl ei ardal. Roedd yn eu darlunio mewn **arddull** hawdd iawn ei nabod mewn lliwiau gwyn, gwyrdd, llwyd a brown. Ar ddechrau ei yrfa, roedd yn cario ei baent, **îsl** a chynfas i'r dyffrynnoedd a'r mynyddoedd, ond gyda amser roedd yn gallu cadw'r lluniau yn ei feddwl a'u **hail-greu** yn

os nad – *if not*	arddull – *style, form*
cerflun – *sculpture*	îsl – *easel*
bad achub – *lifeboat*	ail-greu – *to recreate*

ei stiwdio. Roedd yn hoff o ddarlunio ffermwyr a'u cŵn defaid yn gweithio mewn eira.

Cychwynnodd ar ei **yrfa** fel athro celf ond ar ôl ei arddangosfa gynta yn Llundain, ac ar ôl iddo ennill Ysgoloriaeth Winston Churchill i gofnodi'r Cymry ym Mhatagonia, aeth yn artist proffesiynol. Aeth i Fenis hefyd i arlunio a daeth adre gyda sawl darlun i'w gorffen.

Cafodd sawl anrhydedd a gwnaeth sawl swydd bwysig yn ystod ei oes. Roedd yn Llywydd **Academi Frenhinol** Cambria rhwng 1969 a 1976, ac eto yn 1992. Cafodd ei wneud yn **Gymrawd** Anrhydeddus Coleg Prifysgol Abertawe (1989), Coleg Prifysgol Bangor (1991) a Choleg Prifysgol Aberystwyth (1992).

Roedd Syr Kyffin yn hefyd yn cefnogi arlunwyr eraill ac roedd o eisiau iddyn nhw arddangos eu gwaith hefyd.

Y darlun ola iddo brynu cyn marw oedd portread o Thomas Williams, **diwydiannwr** ym Mynydd Parys, Ynys Môn.

Cafodd Kyffin ei gladdu ym Mynwent Eglwys Llanfair-yng-Nghornwy, Ynys Môn yn agos at ei hen nain, oedd hefyd yn arlunydd gwych.

gyrfa – *career*	cymrawd – *fellow*
Academi Frenhinol – *Royal Academy*	diwydiannwr – *industrialist, manufacturer*

MENTER A BUSNES

12

CHARLES ROLLS
27 Awst 1877 – 12 Gorffennaf 1910
Un o Sefydlwyr Cwmni Rolls-Royce

Lleoliadau:
Llangatwg, Castell Nedd Port Talbot
Eton, Berkshire
Caergrawnt
Manceinion
Bournemouth

Charles Stewart Rolls wnaeth **gyd-ariannu** cwmni ceir moethus Rolls-Royce Limited gyda Henry Royce. Roedd hefyd yn **arloeswr** ym myd hedfan ond yn anffodus, cafodd ei ladd mewn damwain awyren. Charles Rolls oedd y Prydeiniwr cynta i farw mewn damwain awyren.

    Charles oedd yr ieuengaf o blant **Barwn** a **Barwnes Llangatwg**, ger Trefynwy. Cafodd ei eni yn Llundain ond roedd yn hoffi cadw cysylltiad agos â Chymru. Aeth i ysgol fonedd Eton a Choleg y Drindod Caergrawnt, ac astudiodd wyddoniaeth a **pheirianneg**. Ar ôl graddio yn 1898, aeth i weithio ar gwch hwylio **stêm** ac i gwmni'r London and North Western Railway. Charles oedd un o'r bobl gynta yng Nghymru i fod **yn berchen ar** gar (aeth i Paris i'w

menter – *innovation*	barwnes – *baroness*
cyd-ariannu – *to co-fund, to co-finance*	Llangatwg – *Cadoxton*
	peirianneg – *engineering*
arloeswr – *pioneer, innovator*	stêm – *steam*
barwn – *baron*	yn berchen ar – *to own*

brynu pan yn ddeunaw oed yn 1896). Efo cefnogaeth ariannol ei dad, dechreuodd werthu ceir Peugeot a Minerva yn 1903.

Mi wnaeth Charles gyfarfod Henry Royce yn y Midland Hotel, Manceinion, ym Mai 1904 ac erbyn Rhagfyr yr un flwyddyn, roedd y ddau wedi sefydlu cwmni Rolls-Royce.

Roedd gan Rolls diddordeb mewn hedfan. Yn 1903, daeth yn aelod o'r Royal Aero Club a'r ail aelod o'r clwb i ennill trwydded i hedfan. Enillodd Fedal Aur Gordon Bennett am y daith awyren hira. Roedd hefyd yn hoffi hedfan mewn balŵn aer poeth. Hedfanodd mewn balŵn dros 170 o weithiau.

Roedd Rolls yn mwynhau cynllunio peiriannau awyren ond doedd gan Royce ddim gymaint o diddordeb mewn hedfan. Yn 1909, prynodd Rolls awyren gan y brodyr Wright (**arloeswyr** hedfan o UDA) a'i hedfan dros 200 gwaith. Fo oedd y cynta i hedfan dros y Sianel ac yn ôl i Loegr, heb stopio. Ond, yn drist iawn, cafodd ei ladd mewn damwain awyren yn ystod arddangosfa hedfan yn Bournemouth.

---

arloeswyr – *pioneers, innovators*

13

LAURA ASHLEY
7 Medi 1925 – 17 Medi 1985
Dylunydd ffasiwn

Lleoliadau:
Dowlais, Merthyr Tudful
Pimlicio, Llundain
Machynlleth, Powys
Carno, Sir Drefaldwyn

Mae enw Laura Ashley yn fyd-enwog yn y byd ffasiwn a dodrefn moethus. Ond faint sy'n gwybod bod y cwmni wedi dechrau efo dim ond £10. Aeth y cwmni ymlaen i roi gwaith i 4,000 o bobl ac roedd o'n werth £200 miliwn!

Roedd Laura Ashley yn dod o Ddowlais, ger Merthyr Tudful yn wreiddiol. Tra oedd hi'n byw yn Pimlico, Llundain, gwelodd arddangosfa o **grefftau** traddodiadol yn Amgueddfa Fictoria ac Albert. Cafodd ei hysbrydoli a phenderfynodd ddechrau gwneud gwaith **cwiltio**. Doedd hi ddim yn gallu dod o hyd i ddefnydd **addas**, felly, gyda Bernard ei gŵr, dechreuodd y ddau **ddylunio** ac argraffu defnydd eu hunain. Cafodd y £10 cynta ei wario ar brynu pren i greu ffrâm sgrin argraffu a defnydd. Cynlluniodd Laura **napcynnau**, matiau bwrdd a **llieiniau sychu llestri** tra oedd Bernard yn gwneud y gwaith argraffu mewn fflat atig yn Pimlico.

Gwnaethon nhw sgarffiau pen mewn steil Fictoraidd, ac o hynny datblygodd y cwmni yn un o arweinwyr ffasiwn y byd.

dylunydd – *designer*	dylunio – *to design*
crefft(au) – *craft(s)*	napcyn(nau) – *napkin(s)*
cwiltio – *to quilt*	llieiniau sychu llestri – *tea-towels*
addas – *appropriate*	

Cafodd y siop gynta ei hagor yn 35 Stryd Maengwyn, Machynlleth, Powys, yn 1963. Gyda grantiau gan y Llywodraeth, cafodd brif ffatri'r cwmni ei hagor mewn hen orsaf reilffordd yng Ngharno, Sir Drefaldwyn. **O dipyn i beth**, tyfodd y cwmni i agor siopau ar bedwar gwahanol gyfandir.

Mae arddull a steil Laura Ashley yn arbennig. Mae'r cynlluniau yn rhamantaidd a gwledig o'r 19eg ganrif ac yn defnyddio ffabrigau naturiol.

Ar ôl i Laura a'i gŵr farw, dioddefodd y cwmni yn ystod y **dirwasgiad** economaidd ac roedd rhaid cau nifer o siopau. Erbyn hyn mae pethau yn dal i fod yn anodd i'r cwmni Cymreig.

o dipyn i beth – *little by little*	dirwasgiad – *depression (of industry, commerce or standard of living)*

14

ROBERT OWEN, Y DRENEWYDD
Un o flaen ei amser
14 Mai 1771 – 17 Tachwedd 1858
Sosialydd

Lleoliadau:
New Lanark, Yr Alban
Llundain
Manceinion

Yn y Drenewydd, Powys, mae amgueddfa a chofeb i Robert Owen, gŵr sy'n cael ei gysylltu â thref New Lanark, ar lan afon Clyde, yn yr Alban.

Pan oedd Robert yn ddim ond deg oed, cafodd ei anfon i Lundain i wneud **prentisiaeth** fel **dilledydd**. Erbyn ei ugeiniau cynnar, roedd yn rheolwr llwyddiannus ym **melinau cotwm** Manceinion. Cafodd sioc o weld yr **amodau** gwaith drwg yno. Roedd Robert yn credu bod **profiadau** yn ffurfio cymeriad ac os oedd y person yn cael profiadau anodd roedd hynny'n ffurfio cymeriad hefyd, a ddim mewn ffordd bositif. Pan ddaeth yn bartner ac yn rheolwr melin gotwm yn New Lanark, penderfynodd greu melin lle roedd amodau gwaith da i'r gweithwyr.

Roedd yn siŵr basai cael amodau gwaith da yn well i bawb – yn y ffatri ac yn y pentre. Adeiladodd ysgol ar gyfer y plant ac roedden nhw'n dysgu am gerddoriaeth, dawnsio a natur. Agorodd siop i'r

o flaen ei amser – *ahead of his time*	dilledydd – *draper*
	melin(au) cotwm – *cotton mill(s)*
sosialydd – *socialist*	amod(au) – *condition(s)*
prentisiaeth – *apprenticeship*	profiad(au) – *experience(s)*

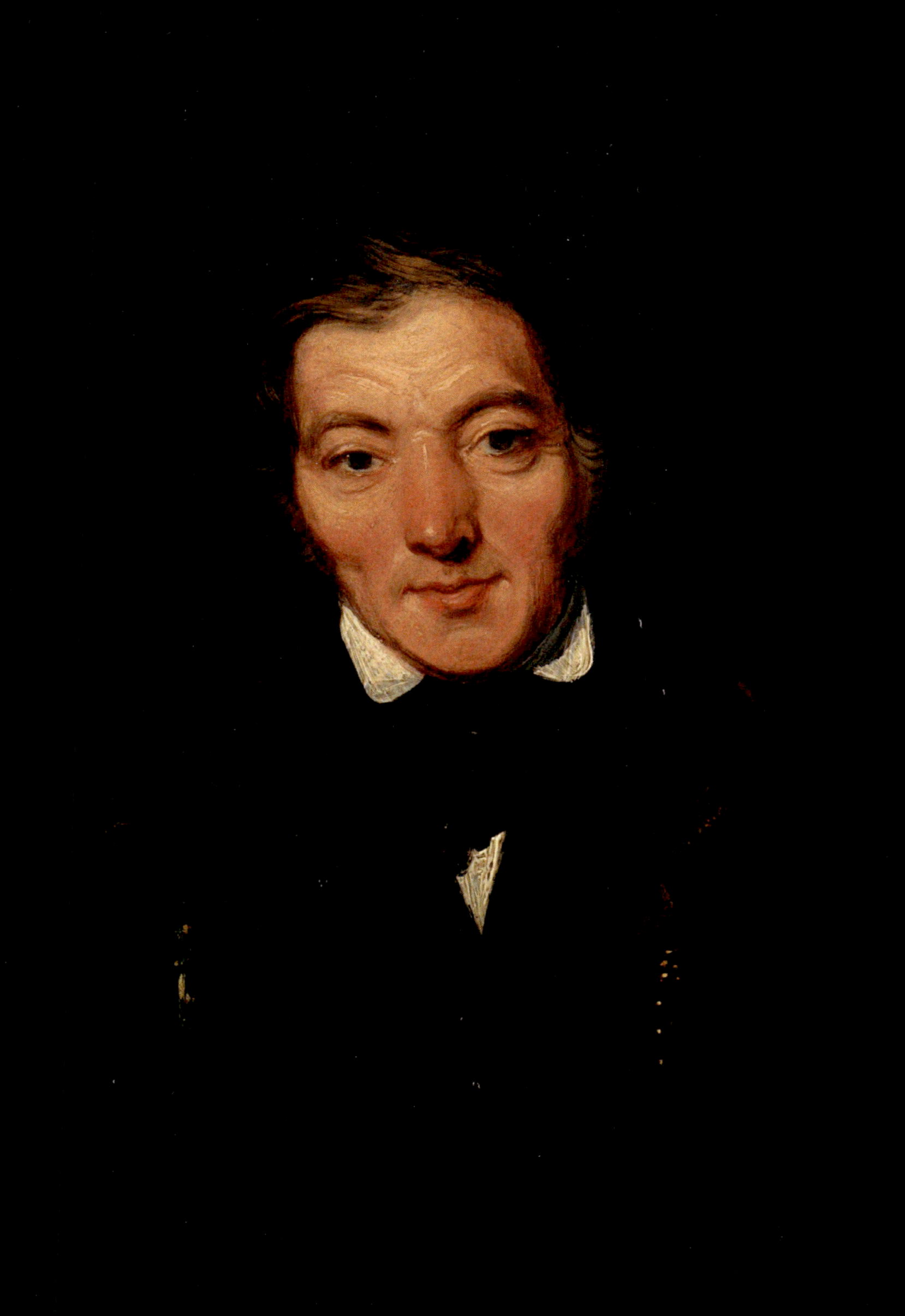

gweithwyr gyda phrisau teg. Roedd yr **arbrawf** yn llwyddiannus iawn a daeth ymwelwyr o bob rhan o'r byd – hyd yn oed y Tsar o Rwsia – i weld y lle.

Gan ddechrau yn 1812, ysgrifennodd *A New View of Society* i egluro ei **weledigaeth**. Cododd gymuned debyg yn 1824 yn New Harmony, Indiana, UDA. Y gobaith oedd creu pentre lle roedd pobl yn gweithio gyda'i gilydd ac yn rhannu **elw**, ond yn anffodus, chawson nhw ddim yr un llwyddiant yno ag yn New Lanark. Er hynny, dylanwadodd Robert ar lawer o bobl, ac yn Rochdale, Lloegr, sefydlwyd siop y Co-operative yn 1844 wnaeth arwain at ffurfio'r **Mudiad Cydweithredol Byd-eang**.

arbrawf – *experiment*	Mudiad Cydweithredol Byd-eang
gweledigaeth – *vision*	– *International Co-operative*
elw – *profit*	*Alliance*

ADDYSG

15

BETTY CAMPBELL
6 Tachwedd 1934 – 13 Hydref 2017
Prifathrawes

Lleoliadau:
Tre-biwt, Caerdydd

Pan fuodd Betty Campbell farw yn 2017, dywedodd yr Aelod Seneddol Stephen Doughty ei bod hi 'yn un o bileri cymuned Tre-biwt a'r Bae yng Nghaerdydd'. Roedd hi'n credu'n gry bod **amrywiaeth** a hanes cymunedau ardal y dociau yn bwysig iawn.

Cafodd Betty ei geni yn Nhre-biwt ac roedd hi'n breuddwydio am fod yn athrawes. Enillodd ysgoloriaeth i Ysgol Uwchradd y **Fonesig** Margaret i Ferched yng Nghaerdydd ond roedd rhaid iddi adael byd addysg yn ifanc i fagu teulu o dri o blant.

Ar ôl magu'r plant aeth i ddilyn cwrs i hyfforddi'n athrawes yng Ngholeg Hyfforddi Caerdydd. Roedd rhaid iddi frwydro yn erbyn **rhagfarn** ofnadwy oherwydd lliw ei **chroen**. Yn wir, hi oedd y brifathrawes ddu gynta yng Nghymru, yn Ysgol Mount Stuart yn y 1970au. Drwy waith caled Betty a **dulliau** dysgu **ysbrydoledig**, dysgodd y plant am **gaethwasiaeth**, hanes pobl dduon ac apartheid yn Ne Affrica. Cafodd yr ysgol enw da iawn a chafodd Betty enw da fel prifathrawes.

amrywiaeth – *diversity*	dull(iau) – *method(s)*
Bonesig – *Lady, Dame*	ysbrydoledig – *inspirational, inspired*
rhagfarn – *prejudice*	
croen – *skin*	caethwasiaeth – *slavery*

Daeth yn aelod o'r **Comisiwn dros Gydraddoldeb Hiliol**, a chafodd hi wahoddiad i gwrdd â Nelson Mandela pan ddaeth i Gymru yn 1998. Yn 2003, cafodd hi MBE am ei gwasanaeth i addysg a bywyd cymunedol.

Yn 2019, roedd hi'n un o bum gwraig ar restr fer o ferched i gael cerflun ohonyn nhw yng Nghaerdydd. Ar 18 Ionawr 2019, cafodd ei gyhoeddi bod nhw am greu cerflun ohoni yn Sgwâr Canolog Caerdydd.

Roedd Betty yn berson arbennig oedd yn caru ei milltir sgwâr ac yn credu'n gry bod gan bawb hawliau, dim ots beth oedd lliw eu croen nhw.

Comisiwn dros Gydraddoldeb Hiliol – *Commission for Racial Equality*

16

GRIFFITH JONES, LLANDDOWROR
Hen Filwr Dros Grist
1683 – 8 Ebrill 1761
Addysgwr

Lleoliadau:
Llanddowror, Sir Gaerfyrddin

Fel Williams Pantycelyn, mae enw Griffith Jones yn cael ei gysylltu â lle roedd o'n byw a gweithio. Griffith Jones Llanddowror roedd pawb yn ei alw o. Fo oedd **rheithor** Llanddowror, Sir Gaerfyrddin. Gwnaeth Jones waith pwysig iawn yn y byd addysg yng Nghymru drwy sefydlu system ysgolion **cylchynol** yn 1731.

Mewn cyfnod o bum mlynedd ar hugain, cafodd 3,495 o ysgolion eu sefydlu a dysgodd dros 158,000 o blant ddarllen. Dyma oedd y system addysg Gymraeg gynta ffurfiol yng Nghymru.

Dysgu darllen Cymraeg i blant ac oedolion oedd **nod** yr ysgolion – y plant yn ystod y dydd a'r oedolion gyda'r nos. Roedd ysgol yn cael ei chynnal mewn ardal am dri mis ar y tro, cyn symud ymlaen i ardal arall. Roedd yr ysgolion yn cael eu rhedeg yn ystod tymor y gaeaf pan oedd llai o alw ar bobl i weithio ar y ffermydd. Roedd y Beibl a llyfrau **defosiynol** eraill yn cael eu

addysgwr – *educator*	nod – *aim*
rheithor – *rector*	defosiynol – *devotional, religious*
cylchynol – *circulating, peripatetic, travelling*	

defnyddio yn y dosbarth. Ar ôl chwech neu saith wythnos roedd y **disgyblion** gorau yn dysgu darllen, ac wedyn, roedden nhw'n helpu'r athrawon gyda'r gwaith.

Roedd Jones yn ddibynnol iawn ar **noddwyr**. Ei brif noddwr oedd Bridget Bevan. Roedd gynni hi gysylltiadau â phobl gyfoethog yn Llundain a **Chaerfaddon**. Roedd y cynllun yn llwyddiannus iawn, a Chymru oedd un o'r gwledydd bychan mwya **llythrennog** yn y byd yn y cyfnod.

Anfonodd yr **Ymerodres** Catrin Fawr swyddogion o Rwsia i Gymru i weld a fasai'r system yn gweithio yn Rwsia.

Yn anffodus, oherwydd **diffyg** arian roedd rhaid i'r cynllun ddod i ben yng Nghymru.

disgybl(ion) – *pupil(s)*	llythrennog – *literate*
noddwyr – *sponsors*	ymerodres – *empress*
Caerfaddon – *Bath*	diffyg – *lack of*

17

NORAH ISAAC
3 Rhagfyr 1914 – 3 Awst 2003
Ymgyrchydd dros Addysg Gymraeg

Lleoliadau:
Caerau, Pen-y-bont
Y Barri, Bro Morgannwg
Caerfyrddin
Brasil
Yr Ariannin
Colombia

Doedd Norah Isaac byth yn llonydd! Mae hi'n cael ei chofio fel awdur, **darlithydd** ac ymgyrchydd prysur. Roedd gynni hi'r gallu i ysbrydoli pobl, a phobl ifanc yn arbennig. Roedd hi wrth ei bodd gyda phobl ifanc ac roedd hi'n credu bod eu **cyfraniad** yn werthfawr iawn.

Cafodd y wraig brysur hon ei geni yng Nghaerau, ger Maesteg, Pen-y-bont. Roedd hi wrth ei bodd yn perfformio o oedran ifanc iawn. Enillodd y gystadleuaeth **adrodd** dan 12 oed yn yr Eisteddfod Genedlaethol. Ar ôl astudio yng Ngholeg Hyfforddi y Barri, gweithiodd am gyfnod fel **trefnydd** i Urdd Gobaith Cymru yn Sir Forgannwg. Mae'r Urdd yn fudiad ieuenctid Cymraeg i bobl ifanc. Yn 1939 cafodd swydd fel prifathrawes yn yr ysgol Gymraeg gynta yn Aberystwyth.

Aeth i ddarlithio yng Ngholeg y Barri cyn symud i Goleg y Drindod, Caerfyrddin i fod yn **brif ddarlithydd** Drama a

---

darlithydd – *lecturer*	trefnydd – *organiser*
cyfraniad – *contribution*	prif ddarlithydd – *principal lecturer*
adrodd – *to recite*	

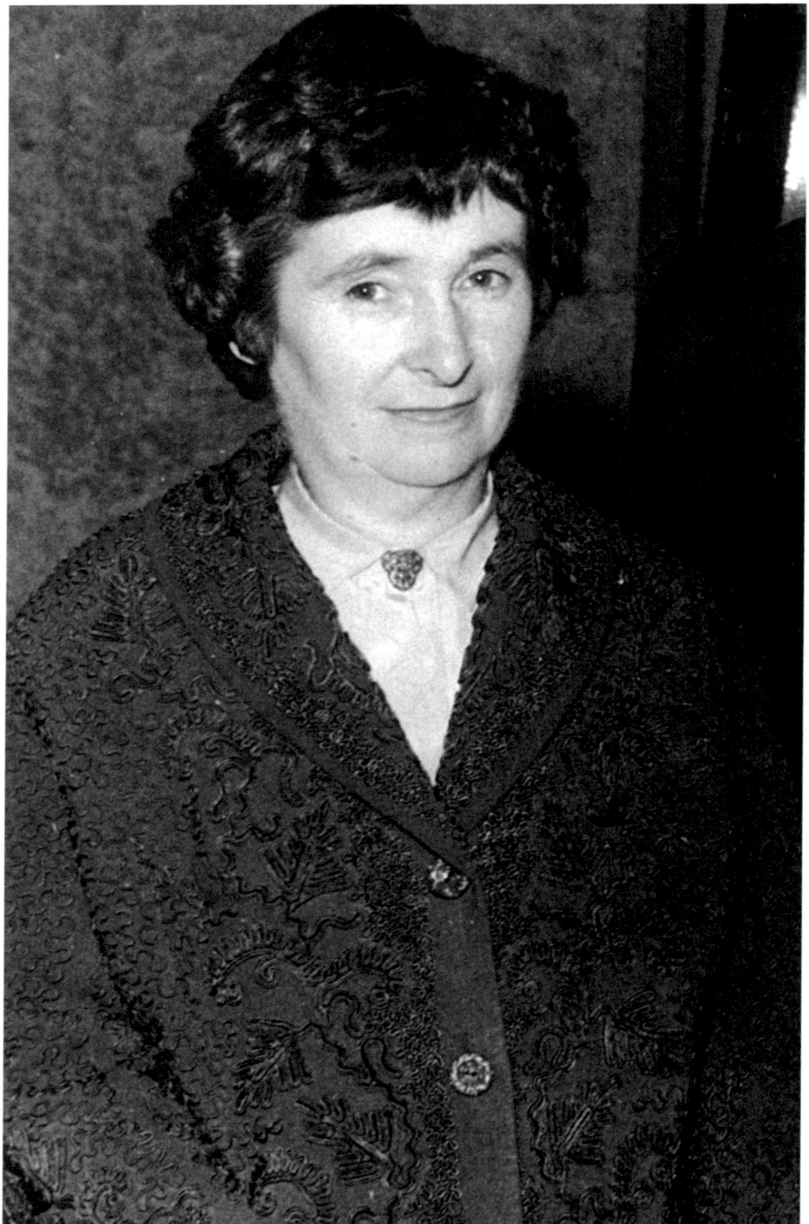

Chymraeg. Yno, sefydlodd yr adran ddrama gynta mewn coleg yng Nghymru.

Cyhoeddodd straeon byrion a llyfr taith ar ôl iddi ymweld â Brasil, yr Ariannin a Cholombia. Roedd yn anfon sgriptiau i'r BBC ac ysgrifennodd nifer o ddramâu. Hi, hefyd, oedd awdur **bywgraffiad** Syr Ifan ab Owen Edwards, wnaeth sefydlu Urdd Gobaith Cymru. Roedd y ddau eisiau gweld addysg Gymraeg ar gael i blant Cymru ac mi wnaethon nhw ymgyrchu yn galed dros hynny.

Yn 1995 cafodd ei hanrhydeddu gyda Gradd Doethur er Anrhydedd gan Brifysgol Cymru. Cafodd **Fedal y Cymmrodorion** yn 2003, ond buodd hi farw cyn ei derbyn. Cafodd ei gwneud yn Gymrawd yr Eisteddfod hefyd – y wraig gynta i dderbyn yr anrhydedd, i ddiolch iddi am ei chyfraniad i'r Eisteddfod Genedlaethol.

---

bywgraffiad – *biography*   medal y Cymmrodorion – *medal of the Honourable Society of Cymmrodorion*

YR IAITH GYMRAEG

18

YR ARGLWYDDES AUGUSTA WADDINGTON HALL
Gwenynen Gwent
21 Mawrth 1802 - 17 Ionawr 1896
Noddwr y Diwylliant a'r Iaith Gymraeg

Lleoliadau:
Llanofer, Sir Gwent

Mae nhw'n dweud, 'Os dach chi am gael rhywbeth wedi ei wneud, gofynnwch i rywun prysur.' Wel, roedd Augusta Hall yn ddynes brysur iawn a dyna pam gafodd hi'r **llysenw** *Gwenynen*. Roedd hi'n byw yn Llanofer, ger y Fenni, yn Sir Gwent, felly cafodd *Gwent* ei ychwanegu at ei henw i roi'r **enw barddol** *Gwenynen Gwent* iddi hi.

Cafodd Augusta Waddington ei geni yn Tŷ Uchaf, Llanofer. Hi oedd yr ifanca o dair merch Benjamin a Georgina Waddington, Saeson a symudodd i Lanofer o swydd Nottingham yn 1792.

Priododd â Benjamin Hall (cafodd Big Ben, y cloc ym Mhalas Westminster, Llundain ei enwi ar ei ôl o) ym mis Rhagfyr 1823. Brwydrodd Augusta a'i gŵr dros hawliau'r Cymry.

Ar ôl iddi hi ddysgu Cymraeg, ysgrifennodd **draethawd**, *On the advantages resulting from the preservation of the Welsh language*

---

gwenynen – *bee*	traethawd – *essay*
llysenw – *nickname*	
enw barddol – *nom de plume, bardic name*	

and national costume of Wales, ac ennill gwobr am y gwaith yn Eisteddfod Caerdydd 1834. Hi wnaeth gynllunio wisg Gymreig gyda'r **clogyn** coch a'r het ddu, uchel **adnabyddus**. Roedd hi'n disgwyl i bawb oedd yn gweithio neu oedd yn ymweld â'r stad wisgo'r wisg Gymreig a siarad Cymraeg. Adeiladodd ffatri wlân i gynhyrchu'r dillad yn 1837.

Ariannodd eiriadur Cymraeg D. Silvan Evans a hi oedd yn gyfrifol am *Y Gymraes*, y cylchgrawn cynta i ferched yn Gymraeg. Cyhoeddodd lyfr ar goginio traddodiadol Cymreig, ac roedd gynni hi ddiddordeb yn y delyn. Roedd yn cyflogi telynor **preswyl** yn Neuadd Llanofer, y cartre **etifeddodd** hi ar ôl i'w thad farw. Roedd yn cefnogi'r Mudiad **Dirwest**, a chaeodd bob tafarn ar ei stad.

Rhwng 1834 a 1853, trefnodd Gwenynen Gwent a'i gŵr ddeg o eisteddfodau llwyddiannus. Helpodd hi'r **Foneddiges** Charlotte Guest i gyfieithu'r Mabinogion. Mi wnaeth hi gasglu alawon gwerin Cymreig gyda Maria Jane Williams. Cyhoeddodd lyfrau ryseitiau a chyfrol lawn darluniau ar y wisg Gymreig. Roedd egni a **brwdfrydedd** Gwenynen Gwent yn anhygoel.

Buodd hi farw yn 92 mlwydd oed ar ôl oes o gefnogi popeth Cymraeg a Chymreig.

clogyn – *cloak*	dirwest – *abstinence*
adnabyddus – *familiar*	boneddiges – *noblewoman, lady*
preswyl – *resident*	brwdfrydedd – *enthusiasm*
etifeddu – *to inherit*	

19

IFAN AB OWEN EDWARDS
Syr Ifan ab Owen Edwards
25 Gorffennaf 1895 – 23 Ionawr 1970
Sefydlydd Mudiad Urdd Gobaith Cymru

Lleoliadau:
Llanuwchllyn, Gwynedd
Aberystwyth
Dolgellau

Cafodd Ifan ab Owen Edwards ei eni a'i fagu yn Nhremaran, Llanuwchllyn, y Bala. Roedd yn fab i Syr O. M. Edwards, hanesydd, addysgwr ac awdur enwog. Yn y pentre heddiw mae cerflun o Ifan a'i dad.

Aeth Ifan i Goleg y Brifysgol Aberystwyth i astudio hanes ac yna i Rydychen. Gwasanaethodd fel milwr yn ystod y Rhyfel Byd Cynta ac yna fel athro yn Nolgellau.

Roedd ei gariad tuag at yr iaith Gymraeg a diwylliant Cymru yn fawr ac mewn erthygl yn 1922, yn y cylchgrawn *Cymru'r Plant*, gafodd ei sefydlu gan ei dad, gofynnodd 'Beth wnawn ni blant Cymru, i gadw'r iaith yn fyw?'. Aeth ymlaen i ddweud, 'Sefydlwn Urdd newydd a cheisiwn gael pob plentyn dan ddeunaw i ymuno â ni.'

Felly sefydlodd Ifan fudiad ieuenctid Urdd Gobaith Cymru gyda saith gant o aelodau. Am weddill ei oes, roedd Ifan yn tyfu a **hyrwyddo**'r mudiad. Heddiw mae miloedd o blant Cymru yn aelodau o'r Urdd. Bob mis Mai mae Eisteddfod Genedlaethol yr Urdd yn cael ei chynnal yn rhywle gwahanol yng Nghymru. Mae

---

sefydlydd – *establisher, founder*   hyrwyddo – *to promote*

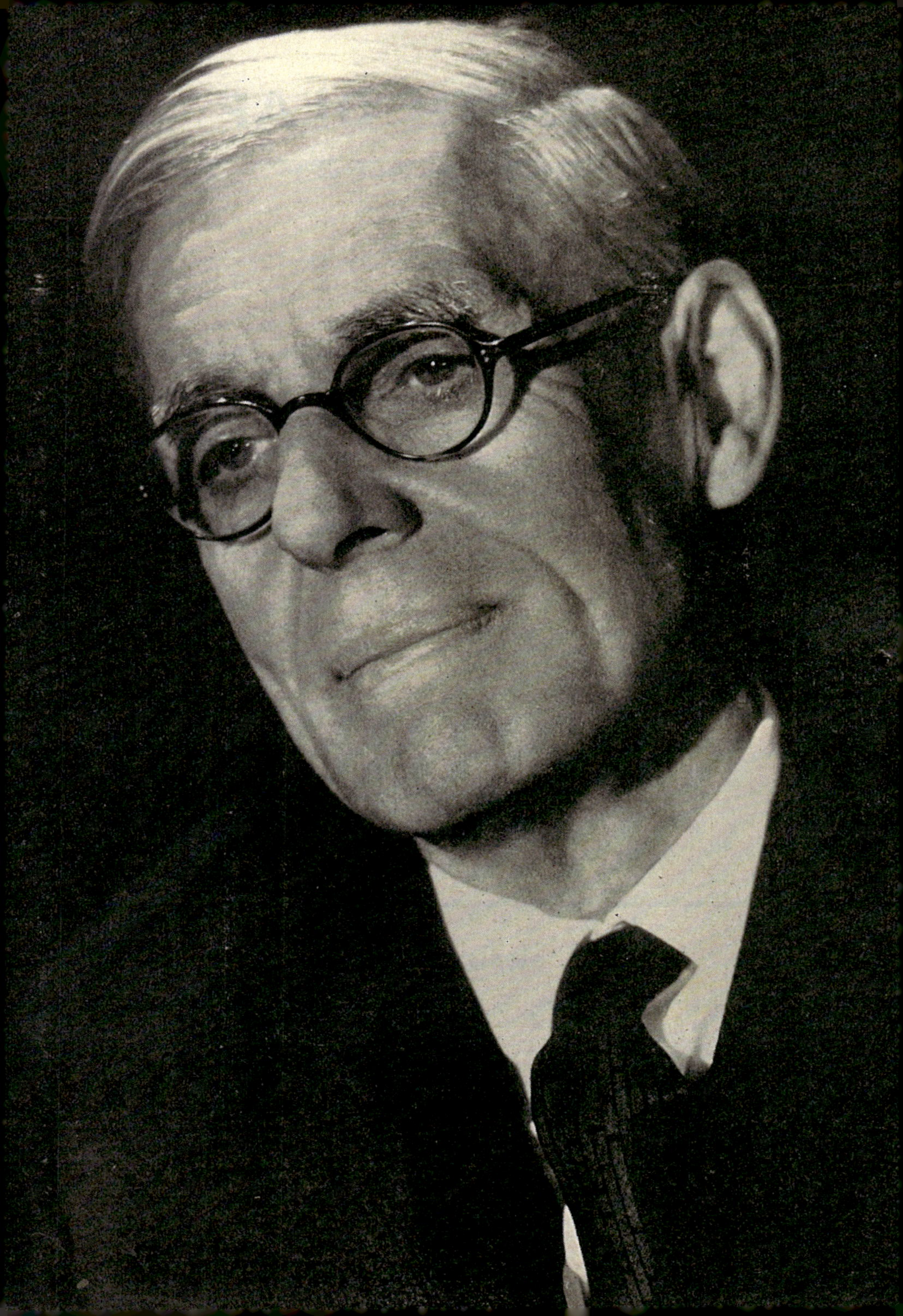

tua 90,000 o bobl yn mynd yno. Mae dros 15,000 o blant a phobl ifanc yn cystadlu mewn bob math o gystadlaethau – gwaith celf, ysgrifennu creadigol, adrodd a chanu a dawnsio ac actio.

Mae gan yr Urdd dri gwersyll hefyd lle mae plant ysgol a theuluoedd yn cael mynd i aros. Mae un yng Nghaerdydd, un yn Llangrannog ac un yn y Bala. Cafodd y gwersyll cynta ei gynnal yn y Bala yn 1928 **dan arweiniad** Syr Ifan ab Owen.

Prif **egwyddorion** yr Urdd oedd yw **gwasanaethu** Cymru, **cyd-ddyn** a Christ. Cafodd ei wneud yn farchog yn 1947.

---

dan arweiniad – *under the guidance of*	gwasanaethu – *to serve*
	cyd–ddyn – *fellow-man*
egwyddor(ion) – *principle(s)*	

20

OWAIN AP GRUFFYDD FYCHAN
OWAIN GLYNDŴR
tua 1354 – tua 1415
Tywysog Cymru

Lleoliadau:
Sycharth, Powys
Llundain

Cafodd Owain ei eni tua 1359, yn Sycharth, Powys i deulu **brenhinoedd** Powys. Astudiodd y Gyfraith yn Llundain a gwasanaethodd gydag **Iarll** Arundel yn ymgyrchoedd Richard II yn yr Alban ac Iwerddon. Roedd yn berchen ar lawer o dir yn Sycharth ger Croesoswallt, yng Nglyndyfrdwy, Sir Ddinbych ac yn ne-orllewin Cymru.

Mi wnaeth y Cymry ddiodde yn ofnadwy **dan law** y Saeson ac ar 16 Medi 1400, mi wnaeth dros 300 o gefnogwyr Owain gyfarfod yng Nglyndyfrdwy a gwneud Owain yn Dywysog Cymru. Ar ôl hyn daeth **ymosodiadau** ar Ruthun, Dinbych, Rhuddlan, Fflint, **Penarlâg**, Croesoswallt a'**r Trallwng**. Anfonodd Harri IV ei filwyr i ogledd Cymru i roi diwedd ar yr ymladd ond cawson nhw eu **curo** ym Mrwydr Hyddgen yn 1401.

Ar ôl ymgyrch arall yn ne Cymru, roedd Harri IV eisiau **dial** ar y Cymry ond enillodd **byddin** Owain **fuddugoliaeth** enwog yn erbyn byddin Edmund Mortimer ym Mryn Glas yn 1402, ac

brenhinoedd – *kings*	Y Trallwng – *Welshpool, Powys*
iarll – *earl, count*	curo – *to beat*
dan law – *under the authority or supervision of*	dial – *to take revenge*
	byddin – *army*
ymosodiad(au) – *attack(s)*	buddugoliaeth – *victory*
Penarlâg – *Hawarden, Flintshire*	

Owain Glyndŵr

Y Mab Darogan – The Foretold Son

1349 – 1416

Cerflun gan / Sculpture by Colin Spofforth

erbyn 1404 roedd Owain wedi cael sawl buddugoliaeth arall a chymryd cestyll Harlech ac Aberystwyth. Un peth pwysig iawn wnaeth Owain Glyndŵr oedd creu Senedd i bobl Cymru ym Machynlleth. Heddiw dach chi'n gallu mynd yno i ddysgu mwy am yr hanes.

Yn 1405, **arwyddodd** Owain gytundeb gyda Thomas Percy o Northumberland ac Edmund Mortimer i rannu'r deyrnas yn dair rhan (Y Cytundeb Tridarn). Yn 1406, anfonodd lythyr at Frenin Ffrainc (Llythyr Pennal). Yn y llythyr mae o'n dweud fod o eisiau sefydlu eglwys **annibynnol** i Gymru a dwy brifysgol, un yn y gogledd ac un yn y de. Erbyn 1408 doedd ymgyrch Owain ddim mor gry a dechreuodd **golli tir**. Cafodd nifer o'i deulu eu dal a'u hanfon i'r Tŵr yn Llundain.

Mae pobl yn credu bod Owain wedi marw yn 1415 ond does neb yn gwybod lle mae o wedi cael ei gladdu.

---

arwyddo – *to sign*	colli tir – *to lose ground*
annibynnol – *independent*	

Geirfa

abaty – *abbey*
Academi Frenhinol – *Royal Academy*
adnabyddus – *familiar*
adrodd – *to recite*
addas – *appropriate*
addysgwr – *educator*
Aelod Seneddol – *Member of Parliament*
aflwyddiannus – *unsuccesful*
ail-greu – *to recreate*
alawon – *melodies*
amod(au) – *condition(s)*
amrywiaeth – *diversity*
annibynnol – *independent*
anrhydeddu – *to honour*
anrhydeddus – *honorary*
aradr – *plough*
arbrawf – *experiment*
archaeoleg – *archaeology*
arddull – *style, form*
arddull Celf a Chrefft – *Arts and Crafts style*
areithio – *to make speeches*
Arglwyddes – *Lady*
arglwyddi benywaidd – *female lords*
ar hyd ei oes – *all his life*
arloeswr – *pioneer, innovator*
arloeswyr – *pioneers, innovators*
Arlywydd – *President*
ar wahân i – *apart from*
arwisgo – *investiture*

arwyddo – *to sign*
Athro – *Professor*
athroniaeth – *philosophy*

bad achub – *lifeboat*
barwn – *baron*
barwnes – *baroness*
bas-bariton – *bass-baritone*
bedd – *grave*
boddi – *to drown*
boliog – *big-bellied*
boneddiges – *noblewoman, lady*
Bonesig – *Lady, Dame*
brenhinoedd – *kings*
brenin – *king*
brwdfrydedd – *enthusiasm*
brwydro – *to fight, to battle*
buddugoliaeth – *victory*
bwyell – *axe*
byddin – *army*
bygwth – *to threaten*
bywgraffiad – *biography*

Caerfaddon – *Bath*
caethwasiaeth – *slavery*
canu ffarwél – *to bid farewell*
canwr gwerin – *folk-singer*
casgliad – *collection*
casglwr – *collector*
celfyddydau – *arts*
cenedlaetholdeb – *patriotism*
cerflun – *sculpture*
cerflunydd – *sculptor*

clod – *praise*
clogyn – *cloak*
colli tir – *to lose ground*
Comisiwn dros Gydraddoldeb Hiliol – *Commission for Racial Equality*
comisiynydd – *commissioner*
credadwy – *believable*
crefft(au) – *craft(s)*
creision ŷd – *corn flakes*
croen – *skin*
Croesoswallt – *Oswestry*
cronfa ddŵr – *reservoir*
cryman – *sickle*
curo – *to beat*
cwiltio – *to quilt*
cyd-ariannu – *to co-fund, to co-finance*
cyd-ddyn – *fellow-man*
cydraddoldeb – *equality*
cyfansoddwraig – *composer (female)*
cyfiawnder – *justice*
cyflog cyfartal – *equal pay*
cyfraniad – *contribution*
cyfreithiau – *laws*
cyfrol – *book, volume*
cylchynol – *circulating, peripatetic, travelling*
cymrawd – *fellow*
cynfas – *canvas*
cynhyrchu – *to produce*
cynhyrchydd – *producer*
cytundeb(au) – *contract(s)*

chwalu – *to disperse, to destroy*
chwarae rhan amlwg – *to play a key role*

daeareg – *geology*
dan arweiniad – *under the guidance of*
dan law – *under the authority or supervision of*
darganfyddiad – *discovery*
darlithio – *to lecture*
darlithydd – *lecturer*
darlledu – *to broadcast*
deddfau – *acts, laws*
Deddfau Uno – *Acts of Union*
deddfwr – *legislator*
defosiynol – *devotional, religious*
denu – *to attract*
dial – *to take revenge*
diffyg – *lack of*
diffygion – *deficiencies, shortcomings*
di-Gymraeg – *non-Welsh speaking*
dilledydd – *draper*
Dinbych-y-pysgod – *Tenby*
dirwasgiad – *depression (of industry, commerce or standard of living)*
dirwest – *abstinence*
dirwy – *fine*
disgybl(ion) – *pupil(s)*
diwydiannol – *industrial*
diwydiannwr – *industrialist, manufacturer*

Dulyn – *Dublin*
dull(iau) – *method(s)*
dylanwadol – *influential*
dylanwadu – *to influence*
dylunio – *to design*
dylunydd – *designer*

edafedd – *thread*
egwyddor(ion) – *principle(s)*
eiddo – *possesion(s)*
elw – *profit*
enw barddol – *nom de plume, bardic name*
etifeddu – *to inherit*
ethol – *to vote*
etholiad cyffredinol – *general election*
ewyllys – *will*

gradd doethur – *doctorate degree*
graddio – *to graduate*
gwasanaeth coffa – *remembrance service*
gwasanaethu – *to serve*
gweinyddiaeth – *ministry*
gweledigaeth – *vision*
gwenynen – *bee*
gwrthwynebydd cydwybodol – *conscientious objector*
Gwyddeleg – *Irish language*
gwyddoniaeth – *science*
gwyddonol – *scientific*
gyrfa – *career*

hawl(iau) – *right(s)*
heddychlon – *peaceful*
heddychwr – *pacifist*
Hendy-gwyn ar Daf – *Whitland*
hyrwyddo – *to promote*

iarll – *earl, count*
ieitheg – *linguistics*
isa – *lowest*
isetholiad – *by-election*
îsl – *easel*
is-lywydd – *deputy president*

Lerpwl – *Liverpool*

Llangatwg – *Cadoxton*
llawysgrifau) – *manuscript(s)*
lleian(od) – *nun(s)*
llieiniau sychu llestri – *tea-towels*
llwyddiannus – *successful*
Llyfrgell Cenedlaethol Cymru – *National Library of Wales*
llysenw – *nickname*
llysieuydd – *herbalist, botanist*
llythrennog – *literate*
llywydd – *president*

marchog – *knight*
marwolaeth – *death*
medal y Cymmrodorion – *medal of the Honourable Society of Cymmrodorion*
melin(au) cotwm – *cotton mill(s)*
menter – *innovation*

milwyr – *soldiers*
Mudiad Cydweithredol Byd-eang – *International Co-operative Alliance*
mwyngloddiau – *mineral mines*
mynnu – *to demand*

napcyn(nau) – *napkin(s)*
naturiaethwr – *naturalist*
naturioldeb – *naturalness*
nod – *aim*
noddwyr – *sponsors*

o dipyn i beth – *little by little*
o flaen ei amser – *ahead of his time*
oni bai am – *were it not for*
os nad – *if not*

Pabyddol – *Catholic*
padin – *padding*
peirianneg – *engineering*
Penarlâg – *Hawarden, Flintshire*
pensaer – *architect*
pleidlais – *vote*
pleidleisio – *to vote*
portread(au) – *portrait(s)*
prentisiaeth – *apprenticeship*
preswyl – *resident*
prif ddarlithydd – *principal lecturer*
profiad(au) – *experience(s)*
pwys – *pound (in weight)*

rhagfarn – *prejudice*
rheithor – *rector*
Rhydychen – *Oxford*

San Steffan – *Westminster*
Sefydliad y Cyfarwyddwyr – *Institute of Directors*
sefydlydd – *establisher, founder*
sgubor – *barn*
sipsiwn – *gypsies*
Sir Gaerloyw – *Gloucestershire*
sosialydd – *socialist*
stêm – *steam*
suddo – *to sink*

tannau – *strings (of musical instrument)*
telynores – *harpist (female)*
teyrnas – *kingdom*
tollborth – *toll-gate, toll-house*
torpido – *torpido*
tor priodas – *breakdown of marriage*
traethawd – *essay*
trefnydd – *organiser*
triawd – *musical trio*
troi ei sylw at – *to turn her attention to*
trosedd(au) – *crime(s)*
trosglwyddydd teledu – *television transmitter*
tyfu'n wyllt – *to grow wild*
Tŷ'r Arglwyddi – *House of Lords*

ucha – *highest*

Y Trallwng – *Welshpool, Powys*
ymddangos – *to appear*
ymerodres – *empress*
ymestyn – *to extend*
ymgyrch(oedd) – *campaign(s)*
ymgyrchu – *to campaign*
ymgyrchydd – *campaigner*

ymhlith – *amongst*
ymosodiad(au) – *attack(s)*
ymprydio – *to fast, to go on hunger strike*
yn berchen ar – *to own*
yn ei chwsg – *in her sleep*
ysbrydoledig – *inspirational, inspired*
ysgoloriaeth – *scholarship*

Cyfres Amdani

Mae'r **gyfres** lyfrau Amdani i bobl sy'n dysgu Cymraeg. Cafodd y gyfres ei **chreu** yn 2018. Roedd yn brosiect rhwng **Cyngor Llyfrau Cymru** a'r **Ganolfan Dysgu Cymraeg Genedlaethol**. Mae pob math o lyfrau yn y gyfres – straeon ditectif, nofelau **serch**, **hunangofiannau**, comedi a **straeon byrion**. Mae'r holl lyfrau yn **cyd-fynd â** chyrsiau Dysgu Cymraeg y Ganolfan. Mae'r llyfrau wedi cael eu **graddoli** ar wahanol lefelau dysgu, o lefel Mynediad i bobl sy'n dechrau dysgu Cymraeg, i lefel Uwch ar gyfer dysgwyr **profiadol**. Dach chi'n gallu prynu'r llyfrau yn eich siop lyfrau leol neu drwy **wefan** Gwales.com. Mae llawer o'r llyfrau hefyd ar gael trwy blatfform e-lyfrau newydd Cyngor Llyfrau Cymru, ffolio.cymru

| **Mynediad** | **Sylfaen** | **Canolradd** | **Uwch** |
| (Entry) | (Foundation) | (Intermediate) | (Advanced) |

cyfres – *series*	hunangofiannau – *autobiographies*
creu – *to create*	straeon byrion – *short stories*
Cyngor Llyfrau Cymru – *Books Council of Wales*	cyd-fynd â – *to go together with, to match*
Canolfan Dysgu Cymraeg Genedlaethol – *National Centre for Learning Welsh*	graddoli – *to grade, to classify*
	profiadol – *experienced*
	gwefan – *website*
serch – *love, romance*	